D1099656

Mise à Nu

© Axiome éditions, 1999
Dépôt légal 2è trimestre 1999

ISBN 2-84462-022-1

AXIOME EDITIONS
83, avenue André Morizet
92100 Boulogne, France

Imprimé en France par Sagim

CLAIRE MENTIN

Mise à Nu

aXiome
EDITIONS

*"Les questions ne sont jamais indiscrètes.
Les réponses le sont parfois..."*

Oscar Wilde

1. Tout préparer

- Fais moi jouir avant qu'ils sonnent, ou je te tue, et je les tue après.

- Attends au moins d'avoir gagné ton pari...

C'est vrai ça.

Je ne sais pas ce qui m'excite le plus, des mots que Pierre me balance à l'oreille en m'écartant les cuisses, ou d'imaginer la soirée à venir. Toute la soirée...

- Tu veux que je te les décrive...

Voilà, maintenant, je sais.

Maintenant que les mots de Pierre me racontent, entre deux coups de reins, le décolleté d'Isabelle et l'allure de Benoit, je sais ce qui m'excite : les deux mon capitaine...

- On va se rapprocher, pour les entendre arriver...

Il a dit ça dans un souffle, en me plaquant debout contre la porte blindée qui fait un sale bruit de ferraille. Il s'écarte un peu, et recommence à me lécher en descendant lentement. Il parle de mon odeur, il parle d'Isabelle encore, même s'il ne l'a vue qu'une ou deux fois. J'appuie sur sa tête pour qu'elle descende plus vite entre mes jambes. Elle s'y enfonce d'un coup, me soulevant presque par brefs sursauts. C'est ce qui s'appelle se faire bouffer la chatte. Dévorer même. Mais je veux encore un peu de temps...

Alors je pense à ma stratégie pour ce soir. J'imagine Isabelle et Benoit dans la voiture, peut-être même dans le hall de l'immeuble, attendant l'heure fixée avec "tu sais, chérie, ce collègue de bureau très sympa dont je t'ai déjà parlé...". Chérie ne sait pas, mais vues les circonstances, elle juge préférable de dire oui.

- Pas comme ça... Trop facile...

- Là au moins, tu ne te retiendras pas...

Fait chier.

J'aurais bien aimé jouir pile-poil au moment où ils sonnent : c'est mon côté perfectionniste. Mais debout, empalée sur la belle queue de mon homme, il y a peu de chances que je tienne la distance.

Sauf s'ils sonnent très, très, très, très vite...

Dommage.

Ça fait un début qui manque un peu de gueule, mais on a toute la nuit pour rattraper ça.

Oui mon chéri, tu as même le temps de m'enculer...

2. Tout dire

On a bien fait de baiser avant.

Mais à ce rythme, je sens que je vais perdre mon pari. Affligeant... Pourtant, on se débrouille bien jusqu'ici, de vrais pros. Tout est dans la progression : se jeter des regards amoureux à l'apéritif - ça rassure toujours -, enlever ma veste pendant l'entrée, ouvrir plusieurs bouteilles autour du plat, monter le chauffage au dessert, et parler de cul au café. On a beau dire, c'est le seul sujet capable de ranimer le plus endormi des convives. Une bouteille de champagne plus tard, Isabelle et Benoit ont au moins saisi une chose : leurs hôtes - c'est nous - n'ont pas pour habitude de s'emmerder dans un lit. Le problème, c'est que c'est bien la seule chose qu'ils aient comprise...

- Et si on faisait un jeu ?

Pierre est, comme toujours, absolument parfait. Innocent, rassurant, séducteur et séduisant. Après avoir passé dix minutes à chercher le Scrupules et le Love Trivia que nous n'avons jamais eus, il me laisse, grand seigneur, jouer les héroïnes à l'imagination salvatrice.

-... J'ai peut-être une idée !

Benoit - qui n'a jamais aussi bien porté son nom - me lance un regard bovin et avide, tandis qu'Isabelle excelle dans son rôle préféré d'indifférente effacée.

J'aurais dû proposer directement une partouze, pour voir.

Anne, ma chère Anne - qui ne voit rien venir du tout -, sois donc un peu plus charitable : explique bien gentiment à la dame et au monsieur l'idée géniale à laquelle "tu viens juste de penser". Simplissime mes agneaux...

- Un jeu de cartes, 5 cartes par joueur, et une pioche centrale. Le principe : jeter et piocher une carte à tour de rôle, jusqu'à posséder une "couleur" (5 carreaux, 5 cœurs, 5 pics, ou 5 trèfles). Le gagnant pose alors à la personne de son choix la question de son choix. Enfantin non ?

Captant la déception sur le visage de Benoit, et l'hébétement sur celui de sa douce, Pierre se sent obligé de rajouter :

- Anne oublie sans doute de préciser le principal : il n'y a pas de joker... et on ne parle que de sexe.

Il cause bien, mon tendre époux.

Bref, c'était il y a quarante minutes, instant depuis lequel nous enfilons les niaiseries comme des perles de mauvaise qualité.

Elle est mignonne pourtant, ma petite brebis égarée. Peau laiteuse comme je les aime, grands yeux clairs mélancoliques, longue chevelure de jais bêtement attachée, seins pleins et lourds serrés dans un chemisier en soie, jolies jambes mal fermées qui laissent entrevoir - merci à notre canapé à l'assise incertaine - un entrecuisse prometteur... Avec un peu d'imagination, la brebis pourrait même se transformer en loup. Mais j'ai un pari à remporter moi, alors pas d'erreur...

Il faudrait peut-être que j'arrête de gagner - de tricher - puisque je n'obtiens, à mes questions pourtant bien innocentes ("As-tu déjà fait l'amour dans une voiture ?

Quelle partie du corps masculin préfères-tu ? etc.) que des réponses aussi elliptiques que déprimantes ("oui"... "les yeux" etc.).

Passons donc au plan B...

- Stop ! J'ai cinq carreaux...

- Tu triches, Anne, c'est pas possible.... Mais non, mais non...

- Isabelle... Peux-tu... nous dévoiler ton fantasme préféré ?

Regard fixe de mes beaux yeux clairs. Elle me déteste, et je l'adore. Elle réfléchit à peine, voix posée de maitresse d'école.

- Faire l'amour avec un inconnu.

C'est pas vrai ! Il faudrait interdire Marie-Claire après 12 ans, ça fait trop de dégâts.

- Mais encore ? Où ? Comment ? Des détails Isabelle, des détails...

J'essaye de mettre du sexe dans ma voix, de la chaleur dans ses cuisses avec mes intonations, mais elle hausse les épaules :

l'interview est terminée.

Pauvre inconnu, chaste héros de tant de fantasmes dans lesquels, au mieux, tu pratiques une vulgaire levrette sur la moquette d'une chambre d'hôtel.

Moi, Isabelle, si j'étais un inconnu, je commencerais par te suivre, un jour de grand soleil où tu te sentirais belle, un jour de lèche-vitrines - ce mot m'a toujours fait penser à des milliers de petites langues expertes et avides léchant une énorme... mais je m'éloigne -. Donc je te suivrais, pour m'imprégner de tes formes, de ton odeur, de tes gestes, des mouvements de ton corps. Pour posséder parfaitement tes contours avant de te posséder, toi. Je te suivrais pas à pas, de vitrine en vitrine, te saluant d'un sourire à ton second regard, riant du hasard la fois suivante, me contentant de te détailler celle d'après. Tu seras surprise, flattée, agacée, amusée, intriguée par cet homme silencieux posé sur ton chemin. A la fin de la journée, tu te retourneras, et je ne serai plus là. Alors, fugitivement, tu regretteras le café que je ne t'ai pas proposé, tu seras un peu triste, je te manquerai. Tu pousseras la porte de ton immeuble, et je serai là. Le soulagement, la fierté de me revoir prendra le pas sur l'énormité de la situation, et ton imagination, aiguisée par les quelques minutes où tu m'auras cru perdu, te permettra de vivre l'instant, sans réfléchir.

Je t'entraînerai dans la cage d'escalier, te plaquant dans le renfoncement qu'il y a sous les dernières marches. Je pourrai enfin te respirer de plus près. Je te déshabillerai entièrement, pour te sentir encore, te renifler, te lécher, comme un chien, de haut en bas et de bas en haut, devant et derrière. J'écarterai tes cuisses pour y enfoncer mon museau, te découvrir trempée et te lécher encore, à grandes lapées. Mes pattes pétriront tes fesses, tes gros seins lourds, ton ventre. Je te retournerai à quatre pattes, et te mordrai et te lécherai le cul en écartant bien tes fesses, la truffe avide de ces odeurs de toute une journée passée à être désirée. Tu seras trempée, liquéfiée, ouverte, remuante, mais silencieuse. D'un grand coup de rein, je rentrerai en toi, me noyant dans ton liquide, énorme et pourtant trop léger pour cette monstrueuse envie d'une queue qui t'ouvrirait le ventre comme jamais.

J'aurais envie d'aboyer à la mort, de pousser plus fort en toi, plus fort, encore plus fort, de te gifler, de te faire mal. Je m'écarterai, juste pour le spectacle de cette chienne offerte, de ce superbe cul d'où coulera déjà un peu de toi. Et je lécherai encore, je te sentirai gémissante, suppliante. Tu t'enfonceras un doigt, puis deux, puis toute la main repliée en une sorte de sexe tordu et pointu. Je regarderai ta main aller et venir, mais te laisser insatisfaite et ressortir pour changer de tactique, le pouce frottant contre ton clitoris tandis que le majeur ira jouer ailleurs, dans ton si joli petit trou. La vue de ces deux doigts pénétrant de plus en plus vite me donnera la douloureuse envie de retrouver ma place dans ton ventre, vite. J'écarterai tes mains d'un coup de griffe, je m'enfoncerai en toi, et je pourrai jouir.

Mais, même si mon conditionnel s'est transformé en futur, je ne suis pas un inconnu, Isabelle. Et j'ai toujours un pari à gagner.

• • • • •

Cette fois, il faut qu'elle gagne. Et qu'elle ne se trompe pas de question. Elle regarde ses cartes, et lève les yeux vers moi.

- Tu as gagné, Isabelle ?

Elle acquiesce avec un petit sourire, et pose ses 5 pic sur la table basse. Elle regarde son Benoit, puis mon Pierre, puis moi.

- Et bien... Je manque un peu d'idées alors... je vais te poser la même question.

C'est pénible d'avoir toujours raison... Doucement Anne, pas d'erreur. Tout est question de dosage, comme l'alcool. Juste assez pour, mais pas trop sinon... Il faut la jouer suave, chavirée, un peu gênée quand même, et surtout complice, délicatement bandante...

Cherche Anne, cherche bien. Et attention au dosage si tu ne veux pas effrayer la brebis.

- C'est drôle, mais c'est un peu comme toi, Isabelle...

Très bon ça, très bon. Elle écoute...

- Moi aussi, j'aimerais faire l'amour avec un inconnu, comme ça, pour voir.

Toute la déception du monde dans les beaux yeux d'Isabelle.

- Tu veux que je t'en dise un peu plus ?

Les yeux ont cessé de gigoter dans leurs orbites, et se sont définitivement fixés sur moi. Elle attend. "Il était une fois..."

Raconte Anne, raconte...

- Imaginons... Que Pierre a "recruté" pour moi un homme que je ne connais pas. Un homme qui serait beau, intelligent, cérébral, un brin vicieux. Un homme que je ne verrai jamais et qui va m'avoir toute à lui.

Un soir, quand je rentre, Pierre m'annonce que nous avons un rendez-vous, et que ma tenue est posée sur le lit : un long manteau de cuir, des cuissardes, et un foulard noir... pour bander mes yeux.

Quand je monte dans la voiture, nue sous le manteau et le foulard bien serré sur mes yeux, je pense à deux choses : j'ai froid... et je suis déjà trempée. Je cherche à tâtons le sexe de Pierre, dur et tendu, et il soulève son bras droit du volant pour permettre à ma bouche de descendre vers lui. Pendant que je le suce, sa main passe sous le manteau, et s'engouffre dans mes cuisses. Dans mon "noir", les sensations sont exacerbées : le contact soyeux de la doublure, l'odeur du cuir, la main froide de Pierre, mes cuisses brûlantes... Je guide ses doigts en moi, mais réalise aussitôt que ce n'est pas assez. Les doigts se noient, s'agitent, et je veux plus gros, plus dur. Assez vite cependant, Pierre arrête tout, se gare et coupe le moteur : on est arrivé.

Appuyée sur sa main, le manteau refermé, je me laisse entraîner vers un hall d'immeuble. Pierre sonne, une voix basse et chaude répond en actionnant la porte, indiquant l'étage. Instinctivement, en entendant la voix, mes cuisses se resserrent. Quelques secondes plus tard, les yeux toujours bandés - ils le seront jusqu'au bout -, je suis debout dans une pièce. Il fait chaud, et la chaîne diffuse une musique lancinante. Pierre enlève mon manteau, et l'inconnu guide ma main vers une coupe de champagne. Puis les deux hommes s'éloignent, s'asseyent dans un canapé, et me jaugent, de haut en bas. Ils me détaillent à voix haute, s'extasient sur mon "beau cul", sur mon "air de salope", sur ma "bouche à pipes".

A la demande de Pierre, je me rapproche, au son de sa voix. Ils sont assis face à face, et je m'installe au milieu. Pierre me prend la main, et achève de faire les présentations. "Penche toi en avant pour que l'on voit tes gros seins... cambre toi... écarte tes fesses... caresse toi...".

Soudain, il y a un silence. Je sens que Pierre fait des signes à l'inconnu, puis va se rasseoir. Et un doigt s'enfonce dans ma bouche. Un doigt que je ne connais pas, et que je lèche, docile. Le doigt pénètre ensuite dans ma chatte, remue, ressort, repasse par ma bouche avant d'entrer dans mon cul. D'instinct, je me cambre encore. Je gémis, et je cherche un appui pour mes mains, pour me pencher, m'offrir. Et je rencontre les genoux de Pierre, assis. Mes doigts s'agrippent, et je sens les mains de l'autre pétrir mes seins, descendre sur mes reins, flatter mes fesses. Puis je sens sa queue, longue et fine, se coller contre moi, se branler contre mon cul. La petite tête chercheuse vient tourner en rond à l'orée de ma chatte, hésitant, faisant durer le plaisir. D'une main lancée en arrière, je plaque les reins de l'inconnu contre moi, le forçant à me pénétrer sans attendre. Et il me baise, rapidement, violemment. Quand je jouis, toujours "dans le noir", Pierre croise ses doigts avec les miens.

Une heure plus tard, de retour à la maison, je retire mon bandeau. Mon inconnu à la queue fine n'aura jamais de visage.

• • • • •

Isabelle ne m'a pas lâchée des yeux, suspendue à mon récit. Pierre sourit, et Benoit ressemble à un poisson hors de l'eau. Ça ferait mauvais effet d'avouer que j'ai trouvé ça un peu soft ? Ah oui, parce qu'il y a une chose que j'ai oublié de leur dire..

- Bon, en fait, j'ai un peu menti...

Pierre me lance de gros yeux furieux censés m'arrêter dans ma lancée. Moi aussi, je t'aime...

- En fait, ce n'est pas vraiment un fantasme (grand sourire). Enfin, ça ne l'est plus. On a fait ça... (très mondaine) il y a un an, c'est ça, mon chéri ?

Le chéri en question a une vilaine grimace, la mâchoire de Benoit s'ouvre davantage et... Isabelle remue. Juste assez pour confirmer mes soupçons sur son absence de soutien gorge, et pour dévoiler un bout de peau encore plus blanc, presque translucide. Un bout de peau qui n'a jamais vu le soleil parce que sa propriétaire doit détester le monokini. Un bout de peau, un bout de sein, qui me donne envie de me transformer en nourrisson pour téter, avaler, croquer, m'étouffer dans cette chair laiteuse. Isabelle n'a pas une paire de seins : elle a des mamelles...

Et ça palpite, ça bat, ça soulève à peine

la soie du chemisier. Je suis sûre qu'elle commence à avoir chaud... et presque certaine de gagner mon pari. Je tend une coupe de champagne à Benoit tant l'envie me démange de lui remonter la mâchoire inférieure, comme dans les dessins animés. Il avale péniblement une gorgée, et regarde Isabelle, encore sous le choc, avec un sourire forcé.

- Eh bien... ! Ce n'est pas toi qui aurait des idées pareilles, hein, Isa !

C'est sorti tout seul. C'était plus fort que lui : il fallait qu'il le dise. Il est dégoulinant de banalité... Bien sûr, ça crée un léger blanc. Pierre me jette un regard en coin, attendant comme moi la suite des événements, déterminante pour notre petit jeu et notre grande bataille. Respire Isabelle, respire. Et ne me déçois pas.

Elle ouvre la bouche, elle va parler. Ça tombe. Déjà une évidence, pas encore un défi :

- Si.

Benoit la dévisage pendant que l'idée fait son chemin dans son petit cerveau.

- Si quoi ?

- Si, je pourrais avoir des idées pareilles.

Alléluia ! Pour un peu, je l'embrasserais tout de suite. Benoit a le souffle coupé, et Pierre la défaite souriante. C'est parce qu'il sait, l'animal, que la partie est loin d'être terminée.

Ma stratégie a fait ses débuts de preuves, et j'ai foi en mon étoile. Mais il faut faire vite. Pierre distribue les cartes dans un silence minéral... et gagne. Je lui lance un regard implorant, qu'il ignore tout à fait sadiquement.

- Isabelle... As tu déjà fait l'amour avec une femme ?

Mais il va me la bloquer ma petite brebis ! Elle va rougir, bafouiller, s'offusquer, que sais-je encore !

- Non, jamais...

Déjà, elle est toujours en vie.

- ... mais j'ai failli, une fois.

C'est elle que j'aurais dû épouser. Elle a dit ça comme ça, gentiment, portant le coup de grâce au pauvre Benoit et ruinant la stratégie de Pierre. Bien sûr, elle ne dira rien de plus... mais il faut bien que je serve à quelque chose, non ?

Je récupère les cartes. Nouvelle donne et - surprise ! - Isabelle étale presque aussitôt ses cinq cœurs. Elle ne réfléchit même pas : elle est contente d'avoir gagné, et elle a déjà sa question. C'est ce qu'on appelle "se prendre au jeu"...

- Anne, je sais que ça fait deux fois mais...

- ...mais tu veux savoir si j'ai déjà fait

l'amour avec une femme ?

- Non, ce n'est pas exactement ça...

Il me manquait plus que ça : des initia-
tives ?

-... en fait, je voudrais connaître ta
meilleure expérience féminine.

Décidément, elle m'impressionne. Et là
non plus, il ne faut pas se planter. Alors
qui, quand, où ? Quelque chose de sensuel
et piquant, ni trop proche ni trop loin de
son propre univers, quelque chose de
tendre et de violent... Bingo, j'ai trouvé !
Et en plus, c'est vraiment un de mes
meilleurs souvenirs...

- Elle s'appelait Marine, elle avait 25
ans Je l'ai rencontrée un été, dans une de
ces énormes boites de nuit de la Côte
d'Azur qui ont une partie de piste à ciel
ouvert et un prolongement sur une plage
privée. Je l'ai remarquée en arrivant, elle

dansait les yeux fermés, au milieu de la piste, sur *I will survive* de Gloria Gaynor. "I've got all my love to leave, I've got all my love to give, I survive, I will survive...". Blonde, cheveux longs et fins, des jambes interminables. Elle portait une mini jupe blanche taille basse qui flashait sous la "lumière noire", un bustier très court à fines bretelles noir, et des bottes d'été en toile claire. Une vraie poupée Barbie. Je l'ai regardée danser quelques instants, parce qu'elle était belle et que le monde lui appartenait. C'est quand elle a ouvert les yeux que j'ai eu un choc, comme un coup de poing dans la poitrine. Elle avait des yeux d'un bleu très pâle, en amande, des yeux de chat. Mais surtout, elle avait quelque chose dans le regard. Quelque chose de dur, de cruel, à mi-chemin entre le diamant et l'acier, qui m'a rappelé les images de la méchante et sublime Reine des Neiges dans le conte d'Andersen. J'ai pris son regard en pleine gueule, puis il s'est détourné, comme elle, pour envelopper une très jolie brune venant à sa rencontre. Je l'ai perdue de vue pendant deux heures.

Un peu avant minuit, je suis sortie me promener sur la plage, seule, et je l'ai découverte dans un coin, en larmes. Elle a commencé par me crier de lui foutre la paix, puis s'est calmée, m'a dit qu'elle s'appelait Marine, avant de s'énerver à nouveau, toute seule, contre "les filles qui sont aussi pourries que les mecs". A ce moment là, j'ai senti une présence derrière nous. Je me suis retournée, et j'ai vu la jolie brune, debout, qui nous observait avec un petit sourire. En l'apercevant, Marine s'est arrêtée net de parler, figée. Puis une lueur mauvaise s'est allumée dans le regard de diamant, et elle s'est approchée de moi.

Sans quitter la brune des yeux, elle a posé ses lèvres sur les miennes et m'a embrassée à pleine bouche. Sa langue tournait, et tournait autour de la mienne. Une vraie galoche de gamin. Elle avait le goût de menthe, et des cheveux qui sentaient la vanille, ça faisait un curieux mélange. Le regard toujours fixé sur la fille, elle a enlevé mon haut et fait glisser ma jupe, esquissant à peine un méchant sourire en remarquant que je ne portais rien dessous. Et elle a commencé à se frotter, seins contre seins, ventre contre ventre, sa bouche descendant et remontant le long de mon corps. Quand elle s'est agenouillée, me maintenant debout les jambes à peine écartées, et que ses lèvres se sont approchées de ma chatte, j'ai entendu un bruit de pas dans la sable : la brune partait. Les yeux de Marine ont lancé des éclairs dans son dos, et elle a commencé à se relever... mais il y a des choses qui ne se font pas.

J'ai plaqué mes deux mains sur ses épaules, la forçant à conserver sa position. Elle a relevé le visage vers moi, légèrement surprise, hésitante, puis elle a souri, bonne joueuse, et sa langue est venue me fouiller. J'avais mes mains sur sa tête pour accompagner son mouvement, comme un homme lorsqu'il se fait sucer par une femme à genoux... Elle m'a fait jouir, très vite, et je l'ai allongée sur le sable. Elle s'est laissée faire sans un mot, ses amandes de diamant fixées sur moi, avec un regard indéchiffrable, entre douleur, rage et plaisir.

J'ai relevé sa jupe et enlevé son haut. Elle avait de petits seins, durs, très doux, et un sexe totalement épilé contre lequel j'ai frotté ma joue, mes yeux, ma bouche. Elle était si lisse... Je l'ai léchée longtemps, ses petites lèvres si douces... Ma langue est rentrée doucement, et je me suis sentie aspirée, happée. Elle a commencé à beaucoup remuer, ses mains accompagnant ma tête enfouie en elle. Je l'ai agacée avec mes doigts, mon nez, et ma langue encore.

Je pensais qu'elle allait jouir, mais elle m'a relevée vers elle, sur elle, et on s'est embrassées, toutes langues dehors, mes seins écrasés sur les siens, ma chatte collée à la sienne. Elle m'a renversée sur le dos, en continuant à m'embrasser, et s'est frottée contre ma cuisse. Je sentais le contact du sexe lisse, ouvert, mouillé, qui étalait son liquide en faisant un rapide mouvement de bas en haut sur ma cuisse. Et puis ses jambes ont serré très fort, ses beaux yeux se sont fermés, et elle a joui en se cambrant.

La boite avait fermé depuis longtemps - plein air oblige -, et on a passé le reste de la nuit sur la plage, sans un mot, l'envie de l'une succédant à l'envie de l'autre. On s'endormait par petites touches, réveillées par une main ou par une langue. Quand le soleil s'est levé, on s'est baignées, et on s'est encore caressées et mélangées dans l'eau. En silence. Elle m'a embrassée une dernière fois, puis elle est sortie de l'eau. Dans la lumière du levant, elle était époustouflante. Elle a ramassé ses vêtements sans les enfiler, les tenant dans sa main, avant de remonter lentement vers le parking. Et elle ne s'est pas retournée.

• • • • •

- Allô la lune, ici la Terre... Ça va Benoit ?
- Heu...

Je pense qu'il aurait à peu près le même regard si je m'étais transformée en pingouin à pois verts. Il regarde Isabelle qui ne m'a pas quittée des yeux, sans les baisser une seule seconde. A ce moment là, j'aurais dû comprendre que j'allais perdre mon pari.

Pierre claque dans ses mains, et propose une dernière donne.

- Et après ? Demande timidement Benoit.

- Après... On améliore un tout petit peu les règles... Si vous êtes d'accord bien sûr !

Evidemment qu'ils sont d'accord, mon chéri ! Tu te rends compte de tout ce qu'ils auront à raconter, plus tard. C'est tout juste si Benoit n'est pas en train de regretter son appareil photo.

Seulement... je n'avais pas besoin de cette "dernière donne". Je commence à en avoir ras la chatte de raconter ma vie, et il est trop tôt pour ma brebis. Quoique. Reste le mari - celui de la brebis - mais il suffit de le regarder pour comprendre qu'un récit de plus lui serait fatal : il ressemble à une cocotte minute oubliée sur le feu.

Et en plus, je gagne. Je suis sûre que Pierre a fait exprès, rien que pour voir comment j'allais m'en tirer.

Un peu d'imagination Anne, concentre toi. Regarde la : elle est presque prête. Mais tout est dans le presque....

- Isabelle... c'est encore une question pour toi.

Elle sourit. Enfin, sa bouche sourit. Pas ses yeux. Il faut que j'avance, j'ai l'impression de la perdre.

- Enfin, ce n'est pas exactement une question. Disons que c'est... une suite de questions, pour construire une réponse plus... "élaborée" au sujet de tout à l'heure. Tu sais, l'histoire du fantasme...

Pierre me jette un regard moqueur.

- Quoi ? J'ai le droit non ?

- Etant donné le caractère... original de ta question, l'arbitre déclare qu'Isabelle peut prendre un joker.

Lâcheur ! Traître ! Et arbitre depuis quand ? Isa, ma petite brebis préférée, sors du troupeau, s'il te plaît...

- Je n'ai pas besoin de joker, Pierre. Je suis une grande fille tu sais !

Et toc ! Pour le coup de la grande fille, c'est ce qu'on dit toujours avant. Mais je dois reconnaître qu'elle marque un point. A moi de lancer les banderilles, ma jolie.

- O.K., ma lady, t'es prête ? Je voudrais que tu fermes les yeux Isabelle, que tu te laisses aller, et que tu imagines. On va, pardon tu vas, construire un scénario, le scénario d'un de tes fantasmes, guidée par les questions que je vais te poser. Mais il faut que tu joues le jeu, vraiment, que tu entres dans ton histoire, que tu vives ta scène, que tu sois cette fille qui va vivre ton idée...

Mes beaux yeux se sont fermés, docilement. Elle a croisé ses jambes, et s'est rejetée en arrière dans le canapé, les deux bras serrés sur sa poitrine, comme si elle avait froid.

C'est fou comme elle est belle.

Ma voix se fait chaude, basse, velours et cuir.

- Première question : comment te sens-tu ?

- Bien...

A son intonation, je sais qu'elle est "dedans". C'est comme un murmure, et les paupières n'ont aucune envie de se relever.

- Comment es-tu habillée ?

- Je ne suis pas habillée...

Ça y est, Benoit va avoir une attaque.

- Comment es-tu alors : dis le...

- Nue. Je suis nue. Totalement nue.

– Où es-tu ?

– Dans une pièce. Il y a une grande cheminée, avec un feu gigantesque qui illumine l'ensemble.

– Tu es dans quelle position ?

– Debout, dos au feu.

– Rien d'autre dans la pièce ?

– Si.

Elle marque un temps, concentrée, paupières crispées, mains serrées sur ses bras croisés.

– Qu'est-ce qu'il y a d'autre dans la pièce Isabelle ?

– Trois fauteuils.

Un bref instant, je ne peux m'empêcher de jeter un œil à Pierre, aussi concentré qu'Isabelle, visiblement captivé. Sentant mon regard, il se tourne vers moi. Je voudrais trouver un autre mot, pour ne pas me répéter, mais je n'y arrive pas. C'est exactement ça : il est concentré. Il pose son index sur ses lèvres pour m'interdire de lui parler, et il fait un signe de moulinet avec sa main pour que je continue, avant de rompre le charme. Je ne sais pas pourquoi, l'espace d'une seconde, j'ai le ventre noué.

- Est-ce que tu es seule ?

- Non. Dans chaque fauteuil, il y a un homme.

- Est-ce que tu peux les décrire ?

- Le premier est très jeune, très beau, angélique. Le second est grand, brun, fort, le teint buriné. Le troisième...

- Le troisième ?

- Le troisième est un Noir.

Elle mélange allègrement la panoplie des grands classiques, mais j'avoue qu'il y a de l'idée. En tous cas, elle fait des efforts...

- Ils sont habillés ?

- Oui. Très bien habillés. En costume...

de cérémonie.

- Comment te sens-tu ?

- Bien.

- Mais encore Isabelle : qu'est-ce que tu ressens ?

- J'ai chaud. Ils me plaisent. Ils me plaisent beaucoup.

- Est-ce qu'ils vont te faire l'amour ?

- Oui.

- Tu le sais ?

- Oui.

- Dans quel état d'esprit es-tu ?

- Je ne comprends pas...

- Est-ce que tu es soumise ?

- ...

- Isabelle ?

- Oui, je suis soumise.

Je n'aurais pas dû sourire. Je n'aurais pas dû sourire, mais j'aurais dû remarquer qu'elle, elle avait souri. Juste avant de me répondre.

- Raconte-moi...

- Le premier homme me fait signe d'approcher. Je crois qu'il va être plutôt gentil, mais ce n'est pas le cas. Il me demande de m'agenouiller face à lui, de sortir son sexe, et de... sucer.

- Est-ce qu'il bande ?

- Oui.

- Est-ce que tu suces bien, Isabelle ?

- Oui...

Elle a dit ça dans un souffle, et ses cuisses se sont resserrées, imperceptiblement.

- Est-ce qu'il te parle ?

- Oui.

- Qu'est-ce qu'il te dit ?

- Il dit... "Suce ma bite, salope, avale ma queue, mieux que ça..."

- Il n'a pas bougé de son fauteuil ?

- Non.

- Et après ?

- Après... il jouit dans ma bouche, beaucoup, beaucoup...

C'est drôle, en disant ça, elle a eu un léger recul du visage, comme si elle venait effectivement de se faire éjaculer dans la gueule. Aussitôt après, ses traits se détendent.

- Continue...

Elle reprend, d'une voix beaucoup plus posée.

- Après, il me demande de retourner me placer au milieu de la pièce et d'attendre. Le deuxième homme me fait signe d'approcher...

• • • • •

Pour le reste, je n'ai même pas à l'aider. Elle continue, toute seule, les yeux fermés, les mains crispées. Son débit s'adapte à son histoire. Comme un souffle très lent lorsqu'elle raconte les préliminaires, et soudain rapide, saccadé, comme les coups de reins qu'elle décrit.

Quand elle a mal, son visage se tord en une petite grimace de douleur. Quand elle aime, elle s'arrête quelques secondes, pour savourer son plaisir. Quand elle a peur, ses phrases sont hachées, incertaines. Et quand elle jouit, ses mains descendent le long de ses cuisses.

Je la regarde, je l'écoute, je l'imagine. Ses scènes ne sont pas très originales, mais on dirait qu'elle concentre dans son récit des tas de désirs, des tas d'envies éparses, qu'elle parvient à réunir en un fantasme unique.

Bien sûr, le deuxième homme l'a baisée comme une pute, penchée sur le fauteuil, pour finir par jouir sur son dos, étalant son foutre avec la main le long de sa colonne et de ses reins.

Bien sûr, le troisième lui a fait mal, la sodomisant après de brefs préliminaires, jusqu'à la faire hurler qu'elle aimait ça.

Mais ce qu'il y a de plus fascinant, c'est son visage. Elle est ailleurs, partie, envolée. Elle est dans cette pièce, devant ces trois fauteuils, livrée à ces trois hommes qui comblent ses trois trous. Tous ses traits expriment ce qu'elle ressent, racontent ce qu'elle imagine, en un formidable ballet de sourires, de grincements de dents, de sourcils froncés, de tremblements de paupières.

J'aurais aimé qu'elle se masturbe, qu'elle ouvre les jambes, que sa main se faufile. J'aurais aimé que ce soit ma main.

Quand elle arrête de parler, c'est le silence. Un silence plein d'odeurs de sexe.

Benoit a perdu son sourire idiot, et fixe avec un regard mêlé de peur et d'excitation l'inconnue qu'il a épousée cinq ans plus tôt.

Pierre a le sourire tranquille de l'entomologiste assistant à la métamorphose de la chrysalide.

Isabelle rouvre les yeux dans le vide, puis les pose sur moi, comme si elle attendait sa note.

- Tu étais parfaite. Est-ce que... tu veux ajouter quelque chose ?

Je ne sais pas pourquoi j'ai posé cette question. Pierre me confirme d'un mouvement de tête que c'est tout à fait mesquin. Mais je suis sûre qu'elle n'a pas tout dit. Elle sourit.

- Si je n'avais pas rouvert les yeux, je crois qu'ils auraient voulu recommencer...

Ah.

-... mais en même temps, cette fois.

Ah.

Si avec ça, je ne gagne pas mon pari, je

me fais nonne.

Heureusement pour moi - et pour le couvent du coin -, notre enjeu était d'une toute autre nature...

3. Tout voir..

- C'est quoi "améliorer les règles" ?

Benoit a repris un ton plus assuré. C'est drôle, depuis qu'il est revenu des toilettes, il est moins... moins congestionné : c'est ça. Mauvaise langue moi ? Mais non... D'une part, c'est tout le contraire - comprendre que ma petite langue, loin d'être mauvaise, est capable de bien des merveilles... Et d'autre part, il y a des signes qui ne trompent pas : Benoit a le teint moins rouge, le souffle plus régulier, et le pantalon moins bombé, pour ceux qui auraient vraiment de la merde dans les yeux. Donc, Benoit s'est branlé dans mes toilettes.

J'aurais dû mettre une caméra.

C'est vrai ça, quand je pense au nombre de chattes et de queues que j'aurais pu voir rien qu'en mettant une caméra dans mes toilettes ! Non d'ailleurs, en fait il m'aurait fallu deux caméras. Une face à l'homme debout, une face à la femme assise. Le seul bémol, c'est le petit - le gros - côté scato de la chose. Non, ça, c'est pas trop mon truc.

Quoique...

Qu'est-ce qu'ils ont tous à me regarder comme ça ? Aurais-je pensé à voix haute ?

- Chérie, tu expliques les règles pour la suite ?

Même pas. Ça aurait été drôle pourtant... Et ma petite brebis, à quoi elle ressemble les jambes bien écartées sur une cuvette de WC, sa petite chatte entrouverte, ses fesses écartées par la position...

- Chérie ?!...

Il faut que j'arrête, je deviens glauque.

- Très simple ! On conserve le même principe des couleurs, mais on ne joue que cinq donnes. Et le gagnant a le droit de VOIR ce qu'il désire...

- De voir ?

- Oui, Isa, de voir. Une scène, un corps, un bout de peau, n'importe quoi, mais sans toucher. Et il n'y a toujours pas de joker.

- Vous n'êtes pas obligés de continuer...

Pierre, mon chéri, je t'aime vraiment très fort, mais là, comment dire... tu me fatigues. En plus, c'est assez minable comme procédé, et pas la peine de poser ta main sur la mienne genre "je maîtrise la situation" parce que...

- Aucun problème, au contraire, hein Isa ?

- Aucun problème...

D'accord.

D'accord, tu as raison, d'accord.

Première donne

Bon, revenons à ma brebis, et à la stratégie qu'il va falloir mettre en place pour...

- J'ai cinq trèfles !

Et merde. Déjà, sans rien faire, il m'agace, alors si en plus il se met à gagner... Le regard bovin se pose sur moi.

- Et... ça peut être quoi comme truc à voir, par exemple ?

Par exemple Benoit saute par la fenêtre et nous passons enfin une très bonne soirée.

- Je te l'ai déjà dit, Benoit : une scène, un corps, un bout de peau...

Il se tortille dans son coin, se trémousse. Il me fait penser à... quelque chose entre le dindon et le canard.

- C'est que... j'ai pas vraiment d'idées...

Ça y est, j'ai trouvé : une oie. Il me fait penser à une oie. Le truc bête et blanc qu'on mange en confit. En mâle bien sûr. Oui, c'est ça : Benoit était un jars dans une vie antérieure.

- Je suis désolé, je bloque tout, mais... Je peux réfléchir encore ?

Pas d'excès, Benoit, pas d'excès.

Bon. C'est pas tout ça, mais il va réussir à me casser l'ambiance, ce con.

- Ecoute, Benoit, c'est pas compliqué. Je sais pas moi, tu peux demander... à Isabelle d'enlever son haut, à Pierre d'enlever son bas, ou à moi d'enlever l'ensemble et...

Quelle conne. Avec ma manie de vouloir faire des phrases... Vu l'éclair dans ses yeux, pas besoin de me faire un dessin. On va quand même le laisser venir, par pur sadisme - ou masochisme, je ne sais pas trop.

- Et bien... voilà, c'est ça.

- C'est ça quoi ?

- C'est ça que je demande...

- ...

- Ce que tu viens de dire là, par exemple, que tu... que tu enlèves l'ensemble.

- Mais tu sais que tu commences très très fort, mon petit Benoit !

Pierre me signifie clairement que j'en fais trop. Qui ça, moi ?

- Donc, tu veux que je me déshabille...

Isabelle n'a pas bronché, et son jars de mari a la déglutition délicate.

-... et tu veux que je le fasse d'une manière précise ?

Mais non, je rigole. Je sais bien que

l'imagination te fait la gueule depuis pas mal d'années. Je crois qu'elle n'aime pas trop les oies, en fait. Tout pareil que moi.

Il est temps de passer aux choses sérieuses Anne : à poil !

Allons, allons, on doit pouvoir faire mieux que ça, mettre le feu à cette putain de soirée, les exciter, tous, comme une chienne en chaleur, leur montrer de quoi je suis capable, et qu'on s'amuse un peu, bordel ! Let me start the show...

Je me ressers une coupe de champagne, je me lève, et je les regarde, tous les trois. Am, stram, gram... Spontanément, je choisirais mon homme à moi comme spectateur privilégié - le meilleur -, ou ma brebis. Mais ce serait une très mauvaise tactique.

Je place un CD de Scorpions dans la chaîne, et reviens me planter devant

Benoit, qui regrette une fois de plus de ne pas avoir craqué devant le mini-caméscope en promo aperçu à la FNAC. Promis, je t'enverrai une photo dédicacée...

Je m'agenouille face à lui, qui gigote un peu dans son canapé, pas très à l'aise, et surtout très, très, très emmerdé de vivre cette situation à côté de sa chère et tendre et légitime épouse.

Sans le quitter des yeux, au son du morceau de hard qui commence, je soulève mon pull, libère mes seins, les attrape des deux mains, et les fait rouler dans mes paumes. Je suce mon majeur, lentement, et le glisse dans ma fente, juste pour vérifier que ce petit jeu me fait de l'effet. Je me soulève un peu, agite mes beaux nichons à deux centimètres de son nez... Je vois ses mains se crisper sur le cuir du canapé.

Je les ramène, comme pour une cravate

de notaire espagnol - pour mettre tout le monde d'accord -. Je masse, et je pétris, et je les lèche même, un petit coup de langue rapide...

- Ils sont beaux hein, Benoit... N'est-ce pas qu'ils sont beaux... et lourds... et doux... et pleins... Je sais que tu voudrais toucher, Benoit...

Je me relève, dégrafe ma jupe et la fait glisser. J'ai la chatte à hauteur de son visage maintenant, mais ce n'est plus lui que je regarde : c'est elle. Elle qui ne me quitte pas des yeux, sans un sourire, sans un mouvement, sans rien qui la trahisse.

Je la regarde, et je me branle, juste sous le nez de son pauvre mari. Et je me branle encore, des deux mains...

Dire qu'ils baisent ces deux là.

J'ai des images qui me viennent... Isabelle sur Benoit, empalée, rejetée en arrière, criant et se caressant le clito pour mieux jouir... Isabelle en levrette, ses grosses mamelles remuant sous les coups, son cul bien écarté... Isabelle couchée sur une table haute, sur le dos, jambes relevées, chatte ouverte... Isabelle en train de sucer, à genoux.... De sucer et de sucer et de sucer, et de me regarder, moi.

Moi qui suis toujours en train de me branler à deux centimètres de la gueule de son mec.

Pour un peu, je ferais bien un petit tour aux toilettes, comme le jars.

- Où tu vas, Anne ?

- Aux toilettes, mon amour...

Juste le temps de jouir, c'est à dire quelques secondes. Après tout, si je veux gagner, je dois garder la tête froide non ? La tête et le cul d'ailleurs...

• • • • •

Deuxième donne.

Même pas le temps de tricher, Isabelle étale ses cinq pic sur la table basse. Elle relève les yeux, nous parcourt, puis se lance, sans beaucoup d'hésitation.

- Je voudrais que les deux hommes se déshabillent.

Excellente idée mon petit agneau des îles. Excellente idée qui va te rendre forte quelques instants. Ceux où tu resteras la seule à garder tes fringues, avant de mieux suivre mon plan.

Pierre est en caleçon en quelques gestes élégants. Toujours aussi beau. Benoit est beaucoup plus lent. Il pose ses affaires une après l'autre pour gagner du temps, avec l'air de se demander soudain ce qu'il est venu faire dans cette galère.

Isabelle les regarde tous deux avec attention, passant de l'un à l'autre.

Quand les deux hommes se retrouvent

en sous-vêtements et se tournent vers elle, elle se met à secouer lentement la tête de droite à gauche, comme une gamine obstinée, pour signifier qu'ils n'ont pas satisfait sa demande. Pierre esquisse un sourire, et retire son caleçon, dévoilant une superbe érection. Benoit avale une goutte de champagne et se décide enfin, avant de se rasseoir à la vitesse de l'éclair. A travers ses mains écartées immédiatement posées par dessus, je distingue une queue potelée, qui, désormais à l'abri des regards, recommence à se durcir.

Si je n'ai jamais fantasmé sur Pierre avec un autre homme - pratique qui ne l'a de toutes façons jamais tenté -, j'ai toujours trouvé bandant la vue de deux hommes en train de baiser. C'est drôle d'ailleurs, parce que, contrairement au type qui assiste à une scène saphique, je ne rêve pas un instant de faire partie du jeu.

Je sais pas, c'est comme... comme quelque chose de sacré, comme ces images de demi Dieux grecs qui s'enculaient à longueur de journées... Je vois des dos, des épaules, et des culs, surtout des culs. Des petits culs de mecs, bien durs, bien serrés. Des petits culs de mecs... et des grosses bites qui s'y enfoncent.

Pierre dit toujours que je ne suis pas très claire sur le sujet.

Franchement, je ne vois absolument pas pourquoi...

• • • • •

Troisième donne.

Bon. On a bien joué, mais ça fait long-temps que je n'ai pas gagné dans cette affaire. Et je suis en train de me dé-con-cen-trer ! Ça, c'est depuis que je ne suis plus en contact avec ma brebis.

Il me reste trois donnes avant les choses
- vraiment - sérieuses. Alors, il ne s'agit
pas de merder maintenant, n'est-ce pas
Anne ?

Pierre étale ses cinq cœurs, et regarde
Isabelle immédiatement, avec un petit
sourire d'excuse.

- Isabelle... Je suis sûr que tu vas deviner
ma requête, alors...

- Elle n'est pas obligée.

Qui a dit ça ?

Vous savez qui a dit ça ?

J'y peux rien, c'est sorti comme ça. Et
pour une fois, je crois vraiment que mon
mari préféré craint pour ma santé mentale.

- Je veux dire... C'est pas facile, là,
comme ça, devant nous..

Où sont les branches ? Mais qu'est-ce
que je raconte, bordel ? Bien sûr qu'elle
est obligée : c'est le jeu !

On reprend, Anne : tu as un pari à

gagner, tu es dans ce-qu'on-va-peut-être-bientôt-pouvoir-appeler-une-soirée-cul, et cette petite poufiasse va se foutre à poil. Ici et maintenant. Point.

En plus, elle a même pas dit non, cette salope.

Il faut que je continue à parler : avec un peu de chance, je vais finir par me comprendre...

Je jette un œil à Isabelle.

- Si tu veux, on peux aller dans la chambre...

Ça y est, ça me reprend.

Pierre me lance un de ces regards dont il a le secret. Ces regards qui me démontrent sans battements de cils qu'il sait, lui, pourquoi sa petite femme adorée vient de débiter des conneries pareilles.

D'ailleurs, en cherchant bien, moi aussi je sais. Ça me fait chier, mais je sais.

La brebis, elle est à moi. Elle est mon

jeu, ma réussite, mon exploit, ma chose. Alors putain de merde, si elle doit se désaper devant quelqu'un, c'est devant moi.

Moi et pas eux.

Après, on verra.

Isabelle n'a pas bougé, rivée à mes yeux et à mes mots. Si je n'avais pas bu tant de champagne, je jurerais qu'elle a tout compris. Et je saurais sans doute que je fonce droit vers le fiasco.

Mais pour l'instant, je suis toute à mon instinct de propriétaire, et j'assume.

Je me lève, tends la main à Isabelle, et l'entraîne vers la chambre, laissant Pierre expliquer à Benoit pourquoi c'est "beaucoup mieux comme ça".

La chambre.

Ça fait drôle de se retrouver toutes les deux.

- Ecoute, Isabelle... Je pensais que ce

serait plus facile comme ça... Mais si ça te pose un problème...

- C'est le jeu... Tu veux que je fasse comment ?

Plus ferme, Anne, plus dure.

- Tu te déshabilles. Tu restes debout, et tu te déshabilles.

Je branche le radio réveil, pour avoir un fond musical, et je m'allonge sur le lit. La FM diffuse un morceau très lent, et le son n'est pas très bon. On se croirait dans un film de cul des années 70.

Le plus dur, ça va être de pas se branler.

Elle enlève ses chaussures, et commence à dégrafer sa jupe, qui tombe à ses pieds. Une petite culotte de dentelle noire. Elle déboutonne lentement son chemisier et l'enlève, restant seins nus.

Ses seins... depuis le temps que j'en crève de les voir, et ils sont là, à deux mètres, libres, et encore plus bandants que prévu. Gros, blancs, lourds, dressés, des seins faits pour être sucés, léchés, mordus, avalés. Des seins qui donneraient envie à n'importe quelle bite de se foutre au milieu, bien serrée, puis de monter, et de descendre, et de monter... et d'éjaculer dans la foulée sur sa petite gueule de brebis de moins en moins égarée. Des seins qui doivent fournir un putain de bon lait, et que j'imagine giclant, pendant les "montées", du trop plein de liquide blanc.

Je l'ai déjà dit : ce sont des mamelles...

Ses mains descendent vers sa culotte, et je m'attarde sur son ventre, ses hanches, sa taille. Tout est en formes douces, en courbes rondes. D'ailleurs, maintenant que j'y pense, il y a un mot pour ça : une Femme. Elle est une putain de femme. Une vraie, une comme on n'en fait plus, une comme on n'en veut plus dans les magazines, une qui doit avoir vachement de mal à se saper chez les petits créateurs, une pour qui la meilleure des tenues, c'est de ne pas en avoir.

Qui a dit que je ne pouvais pas me branler ?

Mes yeux rencontrent un petit bout de dentelle noire, par terre, et mon cerveau en déduit assez logiquement, malgré l'heure tardive, qu'il doit y avoir de la chatte, un peu plus haut. Alors je remonte...

Une forêt noire. C'est un truc qui se mange, non ? Ça tombe bien, c'est exactement ce qui me vient à l'esprit devant la petite touffe foncée et serrée, naturellement bien dessinée, juste fournie comme il faut, avec rien qui dépasse.

Si Benoit était un jars, moi j'étais peut-être un mec dans une vie antérieure (jars-homme-femme, logique non comme évolution ?). Sinon, comment expliquer que j'ai autant envie de la bouffer, cette chatte ?

Ça fait quelques secondes déjà qu'elle attend. Qu'elle attend que ma main arrête de gigoter entre mes cuisses, et que mes yeux aient regagné leurs orbites. Il est hors de question de jouir devant elle, et je ne vais quand même pas repartir aux toilettes...

Alors je me lève, rouvre la porte, et lui fait un petit signe.

- On y retourne...?

•••••

Quatrième donne

Deux minutes plus tard, quatre adultes en - presque - pleine possession de leurs moyens, et - totalement - à poil, ramassent leurs cinq cartes pour une avant-dernière donne.

- Maintenant qu'on est tous déshabillés, qu'est-ce qu'on peut demander à voir alors ?

Il sera vraiment con jusqu'au bout celui là.

- Joue, Benoit, joue...

Et fais pas chier...

Il me manque un cinquième carreau, c'est le moment de croire en quelque chose...

- Stop !

Et merci au quelque chose.

Comment on dit déjà ? C'est là que les Athéniens s'atteignirent, que les Perses se percèrent,... et que les brebis se branlèrent.

Si, si.

Parce que je veux bien déconner cinq minutes, mais là, ça va. Alors ma petite gueule d'ange, elle va arrêter de frimer juste un peu, avec cet air de sainte qui aurait décidé de vivre son martyr le sourire au clito et la chatte résignée.

C'est vrai ça...

D'accord, jusqu'ici, elle est plutôt arrangeante. Mais y a un truc dans ses yeux... un truc que j'aime pas.

- Je veux que tu te branles, Isabelle.

Evidemment, ça crée un léger blanc. Mais quoi ? On allait pas passer directement à la soupe à l'oignon quand même ! Du cul bordel, du cul !

En plus, à bien les regarder, le choc n'est pas si violent. Peut-être... Peut-être même qu'il n'y a pas de choc du tout. Ce qui voudrait dire qu'on a - que j'ai - été très très bonne.

Personne ne parle. Je monte un peu le son de la chaîne, et je reviens dans mon fauteuil. Du canapé, Isabelle me jette un dernier regard avant de fermer les yeux et de s'allonger à demi, les pieds posés contre les cuisses de Benoit, assis à l'autre bout du trois places.

J'ai bien une idée, mais ça va sans doute faire un peu lourd. Tant pis..

Quand je reviens, et que je glisse l'objet dans la main inactive d'Isabelle, elle a un léger sursaut. Rouvre une seconde les yeux, le temps de vérifier qu'elle n'a pas rêvé, esquisse un sourire indéchiffrable, et referme aussitôt les paupières.

Pierre secoue la tête, navré devant tant de gaminerie de sa chère et pas si tendre. Benoit, absorbé, ne détache plus son regard du spectacle qui se déroule à quelques centimètres de sa jambe.

Gros plan sur une forêt noire, dans

laquelle un tronc gris semble trouver parfaitement sa place. Ou, pour les moins poètes d'entre nous, zoom sur une chatte ouverte dans laquelle un gode d'acier poli effectue un rapide va et vient.

Franchement, vue d'ici - le fauteuil d'en face -, la scène est tout à fait impressionnante. Soyons clairs : voir une fille se branler à quelques mètres n'a jamais relevé de l'exploit. Mais quand cette fille est entrée chez vous, six heures plus tôt, pour un dîner mondain, l'effet est tout à fait différent.

Elle a rejeté sa tête en arrière, ses longs cheveux étalés sur le canapé. Esthétiquement, je note qu'il aurait mieux valu qu'elle soit blonde. Ou que notre canapé soit blanc, pour le contraste. Sa main gauche - une main fine aux ongles courts et nacrés - effectue des remontées régulières le long de son corps : cuisse, aine, bas-ventre, seins, cou... La main se crispe de plus en plus, maltraite mes pauvres mamelles dans tous les sens, en attrape une et l'écrase vers le haut. Isabelle relève la tête, et avale le téton d'un coup, le mord, puis lèche son gros nichon autant qu'elle le peut.

Pendant ce temps, plus bas, il se passe des choses tout à fait passionnantes...

Avec sa main droite, elle agite le gode dans sa fente trempée, doucement, puis très vite, puis doucement à nouveau. Elle le ressort, luisant, le frotte un instant contre son clitoris, ce qui provoque un tremblement de tout son corps, puis le rentre à nouveau.

Elle fait ça presque aussi bien que moi.

Autour d'elle, deux personnes sur trois savent se tenir.

Fasciné, Benoit a commencé à se branler presque aussitôt. Et même fait par lui, je dois avouer que c'est toujours quelque chose que j'adore mater. Mécanique et précis, machinal et rigoureusement réglé. Le pouce et le majeur, puis la main, puis le pouce et le majeur. Et j'ai l'impression - sûrement fausse - que la petite queue potelée gonfle et grossit et grandit et...

Je crois qu'Isabelle va bientôt jouir, mais elle se retient. Elle se mord les lèvres, retire le gode de plus en plus fréquemment pour le promener le long de son corps, entre ses seins, autour de ses lèvres. Au moment où je me demande si elle va le faire, l'énorme bite de métal s'enfonce dans sa bouche, d'un coup. Elle la nettoie avec sa langue, se cambre, et retourne aussitôt vers le trou qui la réclame, plus bas.

Pierre tourne son visage vers moi. Devant nous, un couple de "collègues de bureau" est en train de se branler en chœur.

A ce moment là, j'oublie notre pari, et je sais que je pense exactement la même chose que lui.

Moi aussi. Moi aussi, je t'aime...

• • • • •

Cinquième et dernière donne.

Elle n'a pas joui. Mauvais pour la concentration. Et j'ai besoin qu'elle ait envie, très envie. Alors, avec un sadisme naturel qui se trouvait par là, j'ai claqué dans mes mains, très fort. Je peux me tromper - c'est rare -, mais... je crois que j'ai superbement visé. Juste avant quoi. Et s'il me restait un doute ou un regret, l'éclat noir qui a brillé dans ses yeux qui se sont immédiatement rouverts a suffi à ma satisfaction.

Je ne suis pas méchante, je suis... perfectionniste.

Et de toutes façons, comme dirait quelqu'un que je connais, je ne suis pas là pour gagner une élection... mais un pari.

- Attention : dernière donne avant le grand jeu ! Annonce Pierre, très "croupier stylé".

- C'est à dire ?

Pauvre Benoit-qui-serait-bien-retourné-aux-toilettes.

- Surprise, mes enfants, surprise...

L'élastique qui maintenait les cheveux d'Isa s'est définitivement perdu sous les coussins, et ses longs cheveux, électrisés par les frottements contre le cuir, volent autour de ses épaules. Au milieu de la crinière noire, mes beaux yeux clairs tentent de dissimuler la colère et la frustration de leur propriétaire. Elle s'est rassise, penchée en avant sur son jeu, concentrée sur son plaisir interrompu pour pouvoir le retrouver si elle gagne. Un peu comme ces rêves qu'on voudrait à tout prix continuer en se rendormant quelques minutes.

Mais le chef ici, c'est moi.

Il me manque un cinquième pic.

Si je gagne, je sais exactement quoi faire, et ce sera parfait. Donc il faut que je gagne.

Je pioche un carreau que je balance aussitôt. J'attend le tour suivant, sans quitter mes cartes des yeux. C'est à Pierre..., puis à Benoit..., puis à Isabelle..., et de nouveau à moi. Je soulève le coin de la carte sur le haut de la pioche, pour apercevoir le petit cœur noir à l'envers qui signe ma victoire.

Vive moi !

Je plaque mes cinq cartes sur la table basse, regarde la petite assemblée avec le mépris du vainqueur et... Mais qu'est-ce qu'ils ont à hausser les sourcils comme ça ? Coucou, j'ai gagné, allô allô !

Mon petit trou me dit que j'ai loupé un épisode.

Docilement - ça m'arrive aussi -, je baisse mes yeux pour suivre le mouvement des leurs, et tombe sur... cinq trèfles, posés à côté des miens. A côté, mais surtout avant les miens.

Ah.

Et quel est le con qui a cinq trèfles ?

- Anne, je voudrais te voir à quatre pattes devant moi.

Ah.

Et en plus, elle a dit ça avec le sourire...

• • • • •

Je ne sais pas ce qui m'a le plus agacée. Le sourire en coin de Pierre, la mâchoire à nouveau décrochée de Benoit, les yeux d'Isabelle ou... ou de ne pas avoir prévu ça.

Mais alors pas prévu du tout.

Maintenant que je suis retournée m'asseoir, et avant de passer à la phase finale, je me pose un tas de questions.

Plus tard, c'est à dire dans quelques heures, je saurai que je me les suis toutes posées sauf une. Sauf la bonne, celle qui m'aurait sans doute évité de me rétamer lamentablement dans ce pari de merde. La plus simple aussi : pourquoi ?...

Au lieu de ça, pauvre masturbée de la tête que je suis, je me suis demandée ce qu'elle attendait de moi, quelle cambrure donner à mes reins, si je devais me mettre un doigt dans le cul pour faire plus joli...

Ce "détail" mis à part, j'ai cependant

été parfaite, comme d'habitude. Déroutante de naturel, dégoulinante de vulgarité savamment dosée, bref, absolument bandante.

Le tout est de comprendre qu'être dessus ne veut pas forcément dire l'avoir, et qu'on peut se sentir extraordinairement puissante dans n'importe quelle position. Y compris à quatre pattes, le cul en l'air, et la gueule à deux centimètres du tapis.

Le tout, enfin, est de se rappeler que je suis la plus belle de toutes les salopes que la Terre ait jamais portées, et que c'est moi qui ait tout décidé, y compris de donner l'illusion à cette petite connasse qu'elle est une Messaline qui s'ignore. Y compris de lui faire l'insigne honneur de lui montrer mon trou du cul. Y compris que ça se passe comme ça, ici, et maintenant. Qu'on se le dise...

Quand j'étais petite, on appelait ça la

méthode Coué, et personne n'était dupe. Mais les souvenirs d'enfance, ça remonte jamais quand il faudrait...

Placée juste devant elle, mes fesses à cinquante centimètres de ses genoux, mes pieds touchant presque les siens. J'ai poussé la table basse, et pris la position. Je cambre un peu plus. Je garde les yeux ouverts, mais je ne suis face à rien, sauf à mon fauteuil déserté. Elle voulait me voir à quatre pattes, c'est fait. On va quand même pas y passer la nuit...

Quoique... ce serait indigne de moi de s'arrêter là, non ?

Alors je suce lentement mon majeur droit, et je le dirige vers le plus petit de mes trois trous. Je cambre encore plus pour bien écarter mes fesses, je caresse et je masse tout autour de l'orifice, je lèche encore... et j'enfonce d'un grand coup sec.

C'est drôle, il m'a semblé entendre un léger bruit dans les rangs, juste derrière.

Alors, ma brebis, on assume plus ? On frime, on frime, et on serre les cuisses devant un malheureux - mais joli - trou du cul ? Est-ce que tu mouilles au moins, ma petite chienne ? Est-ce que ça te fait bander de voir mon doigt s'agiter, de plus en plus vite ? Et le jars qui te sert de mari, est-ce qu'il a enfin clamsé, victime d'un cœur et d'une bite trop fragiles pour les grandes soirées d'affaires ? Est-ce que t'as envie de lécher, ma petite poupée brune ? Lécher mon cul, ma chatte, mes reins ? Je glisse ma main par l'intérieur cette fois, sous mon ventre, entre mes cuisses, et elle ressort juste devant toi, et tu te demandes ce qu'elle va bien pouvoir inventer. Tu voudrais sans doute faire comme moi, tout à l'heure, et claquer dans tes mains d'un grand coup sec ? Mais c'est pas toi ça, n'est-ce pas ? Déjà, tu ne sais même pas comment tu as pu me demander une chose pareille...

Je rentre mon pouce dans ma chatte, le majeur retrouve sa place dans mon cul... et je m'active. Bien sûr, ce serait beaucoup mieux si j'avais une belle queue à sucer, mais on ne peut pas tout avoir en même temps. Ou rarement.

Tiens, ça remue encore là bas derrière. Surtout ne pas se retourner avant la fin...

Enfin voilà...

En fait, je me suis plutôt amusée dans cette position, et le résultat n'était pas déplaisant. Quand j'ai décidé que j'en avais assez fait, je me suis tout simplement relevée, et rassise dans mon fauteuil, avec un large sourire.

Dans deux minutes, Pierre va expliquer les règles de la troisième manche. Et là...

4. Tout faire

Les cartes sont posées sur la table, de nouveau prêtes à servir d'alibi aux envies de chacun. Pierre sert quelques gouttes de champagne dans les coupes, et se prépare à parler.

A poil dans son fauteuil, les coudes posés sur les genoux, il est parfaitement à l'aise. Calme, élégant. Mon mari quoi.

Le jeu a rempli son rôle à merveille. Enlevant les tabous, les peurs, la gêne, pour ne laisser qu'une irrésistible envie de gagner. Dans l'air, flotte un étrange mélange. Mélange des fantasmes d'Isabelle, des vices de Benoit, de la perversion de Pierre, et de mes propres démons. Dans les yeux de chacun, un cocktail d'excitation, de désir, d'impatience, et d'appréhension.

Confusément, pour des raisons évidemment différentes, nous savons tous que cette dernière manche sera La Manche, et qu'il ne faut pas la louper.

Fascinant.

- Cette fois, nous n'allons jouer que trois donnes. Trois, et seulement trois. La règle des couleurs demeure, mais l'enjeu est... supérieur.

- Est-ce qu'on a des jokers ?

- Ça me semble préférable, oui.

Benoit est rassuré.

Benoit est rassuré parce qu'il ne sait pas que, le moment venu, il ne pourra pas utiliser son joker. Pas à cause de nous, infâmes monstres sans pitié, mais parce que c'est le jeu qui veut ça. Parce qu'il voudra frimer, qu'il aura trois paires d'yeux suspendues à sa sacro sainte réputation de bon baiseur, et qu'il ne voudra avouer à personne - lui compris - qu'il a eu la gueule plus grosse que la bite.

C'est comme ça.

- Soyons clairs... Il ne s'agit pas "d'aller contre", de chercher à forcer ou à humilier. Il n'y a qu'un seul mot d'ordre : le plaisir. Et ce jeu part d'un principe simple : on peut prendre beaucoup de plaisir à accepter de faire une chose que l'on n'aurait jamais osé formuler...

- Tu ne nous a toujours pas dit ce qu'on gagnait ?

- C'est vrai, Isa. Et bien... le vainqueur

a le droit, avec la ou les personne(s) de son choix, de faire, ou de faire faire tout ce dont il a envie. Ici, et maintenant.

- Tout ?
- Tout.

Comme dit mon homme après l'amour - anal de préférence -, il n'y a que deux choses vraiment importantes dans la vie : le cul et le cul.

Et vogue la galère...

Première donne.

Il fait chaud, et l'ambiance est de plus en plus électrique. Derrière nous, le CD numéro 4 de Foreigner passe en boucle pour la troisième fois. "... Gotta play with fire, but not get burned, I gotta stand up, I gotta face it, Don't want to lose it, I want to taste it while it's hot, Don't want to waste it, I need it so bad... I gonna win !!"

Trois donnes.

Sur les trois, il est im-pé-ra-tif que j'en gagne une. Ou que Pierre soit beau joueur. Ou qu'il y ait un miracle.

Tout en piochant et en rejetant les cartes, je ne peux m'empêcher de jeter un œil à la petite assemblée. Concentrée et fébrile, comme à la fin de longs, longs préliminaires. Je me souviens de ces comédies américaines où, vingt minutes avant la fin, on nous bombarde d'images flashées façon clip-souvenir, au son d'une musique ad hoc. A chaque fois, je m'agace contre cette manie hollywoodienne de répéter ses schémas inlassablement. Et à chaque fois... je plonge à deux bras - et le reste avec - dans leur combine. Et je ris. Ou je pleure, selon le bon vouloir de ces marketeurs de mes deux qui, promis juré, ne m'auront pas la prochaine fois.

Tout ça pour dire que là, je suis encore

bien mouillée, trempée même, un vrai chausson aux pommes brûlant. Juste parce que je la regarde, ses beaux cheveux sur ses épaules, les mamelles écrasées sur ses genoux par la position, penchée en avant sur son jeu. Je la regarde... et je la revois.

Je la revois chienne, hululant sous mes coups de queue et de griffes, chatte et cul ouverts, dégoulinante du plaisir que je lui donne, moi, cet inconnu qu'elle ne rencontrera jamais ;

Je la revois tremblante, imaginant que c'est elle qui, nue sous un manteau de cuir et les yeux bandés, va se faire tringler ce soir comme une bonne petite pute par la queue fine du sixième étage ;

Je la revois fragile, quand les hasards du canapé m'ont permis de découvrir sa peau, d'en deviner le goût, et d'avoir envie de me damner pour perdre mon visage dans ses énormes seins blancs ;

Je la revois vibrante, face aux trois hommes de son fantasme, pompant le premier, se faisant allègrement sauter par le second, puis enculer par le troisième, du sperme plein la gueule, plein la fente, et plein le cul

Je la revois sublime, se désaper rien que pour moi, avec sa forêt noire que je n'ai toujours pas goûtée, ses mamelles que je n'ai toujours pas tétées, son putain de corps de femelle que je n'ai toujours pas baisé ;

Je la revois liquide aussi, une main sur le clito et un gode dans la chatte, la tête jetée en arrière en attendant de jouir, gémissant sous ses propres doigts et sous les coups d'une belle bite en acier

Tout ça en quelques heures.

Si j'avais 20 ans, que j'étais en grande conversation avec ma meilleure copine -

contradictio in adjecta - elle me dirait sans doute, avec un air de reproche, que je suis "en train de m'attacher". Ce qui est drôle, c'est qu'elle aurait à la fois tort et raison. Mais ce serait beaucoup trop compliqué pour elle, alors je n'essaierais même pas de lui expliquer.

Je ne suis pas puante, je suis pragmatique.

D'ailleurs, j'ai toujours un pari à gagner...

• • • • •

- Arrête de piocher, chérie.
- Pardon ?
- Anne... coucou ! J'ai gagné !
Mais non.
Pas toi. Tu n'as pas pu, toi, me faire ça. Toi, tu aurais triché, attendu, tu te serais sacrifié, bref, tu aurais oublié que le pari,

il était contre toi quoi ! Et qu'est-ce que tu vas lui faire à ma brebis, hein, pour me saloper tout mon beau boulot !

C'est drôle, pendant que je pense toutes ces gentillesses, Pierre me regarde en souriant, comme s'il m'entendait. Tout à coup, je sais exactement ce qu'il va demander. Et je souris.

Parce que ce n'est pas très original, que ça ne m'arrange pas du tout, mais que j'adore ça. Et puis ça, avec elle, ça vaut son pesant de zigounettes.

- Fait chier !

- plaît-il ?

Qu'est ce qu'il a encore, le nain.

- Fait chier, j'aurais gagné à la prochaine.

Comment fait-il celui là, pour être aussi... Mais le plus drôle est ailleurs : comment mon amour de mari va-t-il exposer sa requête ?

- Vous allez me sucer toutes les deux.

Ah non ! Là tu gâches le métier ! Pas drôle, pas loyal, pas réglo, pas glop...

Quoique, rien que pour la tête du jars, la technique éclair est astucieuse. Déglutition, aspiration d'air, mise en marche des zygomatiques...

- Hé ben dis donc, quand tu dis tout faire... c'est tout faire !

Ce qui est merveilleux avec ce jeune homme, c'est qu'il se parodie tout seul.

- J'ai dit aussi qu'il y avait des jokers, Benoit.

- Oui mais là c'est pas...

- Non, là tu peux pas, tu n'a rien à faire...

- ... mais tu peux toujours suggérer à Isabelle de s'en servir !

Merci de m'avoir laissée finir mon ange, il n'y a pas de petit plaisir.

Cruel dilemme. Laisser ma femme sucer un collègue, ou passer pour un coincé du cul. Comme dirait le diable à son avocat : "la vanité est décidément le péché que je préfère".

Et le jars choisit de fermer sa gueule...

Et ma brebis, mon agnelle à moi, ma forêt noire, qu'en dit-elle ? Je tourne les yeux vers elle, au moment précis où, de son canapé, elle tend la main à Pierre, déjà debout. Avec un sourire que je soupçonne admiratif, mon homme la relève, et me tend l'autre main.

Je sais que j'ai fait du beau boulot, mais ça fait toujours un choc. Comme de conduire sa fille à l'autel, ou un truc dans ce goût là.

Pierre reste debout, adossé à une poutre qui passait par là. Je me place à sa gauche, la brebis à sa droite, et ses deux mains descendent le long de nos dos, pressant la colonne vertébrale, flattant les reins, cares-

sant les fesses, remontant d'un doigt entre
elles, et effectuant le chemin inverse.
Parvenus à la hauteur de la nuque, ses
doigts se referment comme un collier de
chien, et, doucement, il appuie sur nos
épaules, pour nous inciter à nous agenouiller.

Pendant la "descente", très lente, vers le
sol, Isabelle ne me lâche pas des yeux, ses
grands yeux. Mais je n'arrive pas à savoir
s'ils sont vides, pleins, ici ou ailleurs. C'est
plus fort que moi, je me noie dans cinq
millimètres de bleu clair. Hypnotisée.

Instinctivement, je me force à baisser
les yeux pour me soustraire au regard, histoire de ne pas inverser les rôles si près du
but. De toutes façons, je serais incapable
de décoder, là, en cet instant précis, le
fond de sa pensée.

Alors je me concentre sur le reste, sur ce
que j'aime, ses nichons blancs, son ventre

de femelle et sa forêt noire. Et avec le vocabulaire ad hoc, je retrouve mes sensations. Un peu.

Ça y est, on ne peut pas descendre plus bas.

Genoux à terre, un instant de flottement pour savoir qui va commencer, et la caresse plus pressante de Pierre sur mes cheveux me rappelle à mon rôle de maitresse de maison. Celle qui entame le plat.

Je remonte ma main le long de sa queue bien tendue, commence à lécher par petits coups en le regardant en coin, et puis j'enfourne tout.

Sucer, je crois que c'est ce que je préfère. Avec un homme, j'entends. Je ferme les yeux, et j'avale, comme une énorme sucette de chair. Et je lèche encore et je la ressors et me la colle contre le visage. Je la renifle, la presse contre ma joue, enfonce son bout d'où perle une goutte blanche au

fond de mes yeux, et reviens vite englou-
tir l'ensemble. Je sais pas, je pourrais y
passer des heures. Au bout d'un moment,
j'ai l'impression d'avoir un homme entier
dans la bouche. Ça donne un sentiment
de pouvoir, de puissance, de possession
suprême, ou une connerie comme ça.

Soudain, je sens une main sur ma main,
et je respire une autre odeur. Quand
j'ouvre les yeux, juste au-dessus de la bite
de Pierre, j'ai la bouche d'Isabelle qui me
saute à la gueule. Humide, entrouverte,
impatiente. Et j'ai une putain d'irrésistible envie de l'embrasser, là, vite, très très
vite, tellement envie que j'en ai mal au
ventre et à la chatte et que tout se serre par
en bas. Je ferme les yeux une seconde,
prise de vertige, et quand je les rouvre, la
scène a encore progressé d'un cran. Cette
fois, je vois sa langue en gros plan. Sa
langue qui remonte le long de la queue,

par à-coups. J'ai le temps de me demander qui m'a déjà fait autant d'effet et autant mouiller. J'ai le temps de me détester d'être une chienne en chaleur, trempée pour une petite pétasse venue dîner chez moi. J'ai le temps de coincer son regard une fois de plus, et ma langue se met à s'activer près de la sienne. Contre la sienne. Frôlant la sienne. Enroulant la sienne.

Du fond de mon ventre, le courant remonte. Je n'ai jamais été aussi "conductrice". Les langues tournent et tournent et tournent et n'arrêtent pas de tourner. Il y a de la salive sur mes joues et sur la queue de Pierre qu'on a abandonnée. Je suis engloutie.

Si je perds, je n'aurai pas tout perdu.

Mais qu'est-ce que je raconte...

Il faut s'arrêter, parce que le souffle manque, et le cœur va lâcher.

Dans une superbe synchro, nos

bouches se séparent, et on reste front contre front quelques secondes, hale-tantes, sonnées. Je sens sa main qui cherche la mienne. Ou l'inverse. Evidemment l'inverse. On pourrait se sourire. D'un sourire heureux, ou compli-ce, ou gêné, ou débile. Mais non.

A la guerre comme à la guerre.

Pourtant, elle en sait rien, elle, que j'ai toujours un pari à gagner.

Je l'ai regardée quelques instants sucer Pierre, la bouche en retrait, me contentant d'accompagner de la main. Pierre m'a caressé les cheveux, très vite, juste pour dire qu'il savait.

J'ai repensé à ma meilleure copine ima-ginaire de tout à l'heure, celle qui disait que j'étais en train de m'attacher. Et j'ai définitivement voté pour l'extermination de la race des meilleures copines. Une race qui, parfois, ne fait même pas exprès d'avoir raison.

Quand j'ai réalisé ce qui m'arrivait, je n'y ai pas cru tout de suite. J'ai bien senti que ça ne passait pas, mais j'ai d'abord appelé tous mes potes à la rescousse : cul, sexe, trou, chatte... et bite, queue, verge, con, fente, et salope, et salope, et salope. Mais ça marchait toujours pas.

Alors j'ai compris, avec un léger temps de retard sur Pierre.

Et j'ai eu une bouffée de panique.

La seule inconnue, c'est de savoir si c'était pour moi, ou pour mon putain de pari, mais, sur le moment, c'était annexe.

Sur le moment, j'étais triste.

● ● ● ● ●

Deuxième donne.

En fait, c'est toi qui m'a aidée. Aidée, sauvée, électrochoquée, comme tu veux. Ma belle petite salope brune, avec tes grands yeux vides et ta chatte trop fraîche qui a failli m'avoir. Il a suffit que tu te relèves, que tu regardes Pierre dans les yeux, et que tu couines "Bon, on va peut-être arrêter là non ?".

Parce que tu as couiné ma chérie. Si, si, comme un canard.

Tu vois, le monde est bien fait dans le fond : brebis, tu vivais la compagnie du jars comme une punition, mais canard... ! Et vous nous ferez de beaux petites fois gras, pour les longues soirées d'hiver.

Mais d'ici là, et comme je suis bonne joueuse, je reconnais que tu es toujours bandante. Et que si je gagne, ma cocotte, j'ai deux ou trois idées en tête. Ou en chatte, si tu préfères.

Benoit est en apesanteur. Je crois qu'il fait des tests, qu'il essaie plusieurs états d'âme, pour voir. Déjà, il a fallu qu'il se remette d'un grand choc psychologique : mater sa femme en train de pomper un autre mec l'a fait bander. Au début, il était pas bien sûr, et puis si : toute dure, toute belle, toute droite. Et tout fier, le Benoit : après tout, c'est peut-être ça la perversion ?

Enhardi par ces flatteuses perspectives ("tu sais, chérie, j'ai bien réfléchi, je suis pervers"), il s'est juré que cette fois, s'il gagnait, il aurait une idée. Pas un truc à la con, une idée, une vraie, bien tordue, qui nous arracherait un regard à la fois admiratif et inquiet.

Et depuis, il cherche...

- Il m'en manque plus qu'une.
- Moi aussi, Benoit, la ramène pas...
- Pas moi, ma chérie. Enfin, plus moi.

- C'est pas vrai, Pierre, tu triches !!

Quel bel ensemble : les trois d'un coup !

Mais c'est vrai qu'il fait chier un peu, c'est plus drôle à la fin, plus drôle du tout. C'était mon avant-dernière chance. L'avant-dernière Pierre.

Dans le fond, rien qu'à voir ma tête, je crois qu'il a envie d'éclater de rire. Moi, mauvaise joueuse ? Pas du tout.

Mais bon, ça ferait désordre dans le tableau, alors il se contente de sourire, rien que pour moi, préparant sa phrase.

Benoit, lui, recommence à faire la gueule, vexé de ne pas avoir pu frimer avec "l'idée perverse qu'il n'avait pas encore eue, mais presque".

- Et tu veux qu'elles te fassent quoi, maintenant ?

- Mais rien, Benoit, rien du tout.

Merci du prétexte pour l'éclat de rire. Il y a toujours un con pour vous en offrir un...

L'espace d'un instant, les quelques neurones du jars se bousculent et frétillent : si ce n'est pour Pierre, c'est donc...

-... Toutes les deux.

Comme personne n'est sûr d'avoir bien compris - même pas moi, ce serait trop beau - il répète.

- Je n'ai pas annoncé de guerre atomique, j'ai dit "toutes les deux". Les filles entre elles, c'est tout.

Il nous regarde.

- Comme elles veulent, où elles veulent… (il s'attarde sur moi et rajoute, ironique)… Ou presque.

Il y a beaucoup de moments où je me dis que j'ai épousé le type le plus génial de la terre, mais là, j'y rajoute l'univers et l'ensemble des petits hommes verts. Surtout si je considère que je n'ai absolument pas entendu la seconde partie de sa phrase.

C'est un cadeau, et il le sait.

Alors ma belle petite pute, à nous deux...

Etape numéro 1 : choix du terrain, de la tactique, des accessoires, des supplices, des... Non.

Etape numéro 1 : évacuer rapidement tout ce que je crève d'envie de lui faire à cette petite salope, mais que je ne lui ferai pas. Que je ne peux pas lui faire. Pas gagné, pas moi qui fais. Et même si Pierre a été plutôt cool...

Evacuer donc.

Evacuer la petite garce attachée à un fauteuil, pinces sur les mamelles, bandeau sur la gueule avec un trou pour la langue, un gode dans la chatte, et la mienne juste au dessus de sa bouche pour qu'elle lèche bien profond.

Evacuer la superbe poufiasse à quatre

pattes, le cul déjà rougi par les lanières, pompant un gode en latex posé à terre tandis que je lui bouffe enfin la forêt noire, histoire de me reposer du fouet.

Evacuer aussi... J'arrête ? C'est vrai que c'est pas charitable tout ça. Mon petit côté sado qui ressort. Tout petit.

Assise sur son gentil canapé, elle m'attend. Après tout, elle a peut-être une idée.

– Une préférence ?

Elle secoue la tête, gobe un peu d'air pour dire quelque chose, referme le bec, et se lance.

– Simplement... Enfin je préfère te laisser faire.

Mais bien sûr ma caille, et comment !

Et là, je n'aurais pas dû regarder Pierre.

J'aurais dû me lancer, tranquille, souple sur la fente, et y aller franco. Mais non. Il a fallu que je le regarde, histoire de rappeler en passant que mon pari était en bonne voie - seconde erreur -. Et il a fallu que je comprenne très exactement ce qu'il voulait dire, avec sa bouche un peu tordue et ses sourcils froncés. C'était pire que "presque", en fait.

Fait chier.

J'ai pas une vocation d'enseignante moi, pas une patience de prof ! Pas la vocation de me faire royalement chier au profit de l'éducation des masses. Elles n'ont qu'à savoir baiser, les masses. Ou aller apprendre ailleurs.

Nouveau regard.

D'accord Pierre ! Putain de bordel de merde, d'accord ! Et je m'énerve si je veux... J'allais me la faire à ma façon la petite dinde, comme je veux, depuis le temps que j'attends ça, et tu me demandes de la jouer câlinou ? Tu veux pas la musique de Billitis et de la lumière bleue, tant qu'on y est ?

D'abord, les vierges, ça m'a toujours gonflée.

Bon. Un peu de concentration. Et beaucoup d'imagination.. C'est ça, on va imaginer, sinon je n'y arriverai jamais... Moteur... Action...!

Dans cette pièce, il n'y a qu'elle. Et moi.

Je l'ai rencontrée par Minitel, 3615 Fem. Pseudo : Leeloo. Comme la vierge en bandes velcro du Cinquième élément. Plutôt limpide, comme appel. Elle pianotait qu'elle voulait faire ça "pour voir et pour savoir", et ce soir je me sentais la langue et la main charitables.

Depuis environ une heure, on parle. On boit du champagne aussi. Je me suis déshabillée au milieu d'une phrase, et elle au milieu d'un mot. Ça, c'est l'émotion.

Sa description télématique n'était pas surprometteuse : elle est belle. Un regard indéchiffrable, mais un corps plutôt à mon goût.

Depuis une minute, soixante longues secondes, c'est le silence.

Elle m'attend.

5... 4... 3... 2... 1... Baisez !

Non, bien sûr que non, plus doux... Mais, oui je sais faire. Je sais tout faire.

Je m'approche d'elle à genoux, et l'allonge sur le canapé, sur le ventre, pour cacher ses yeux. Au début, je sais que ce sera plus facile.

Leeloo.

Je remonte le long de son corps en une longue caresse de la main, sur ses jambes, ses cuisses, ses fesses qui se serrent à mon passage, la naissance des seins sur le côté...

Tout le corps tremble dans un grand frisson. Je continue, le ventre se serre, décolle... et tout le corps se retourne sous la caresse, pour se retrouver sur le dos, offert, superbe.

Ma main recommence son ascension côté face : cuisses, aine, contour du sexe, appuyer bien fort avec la paume sur la chatte bombée, laisser traîner un doigt pour vérifier que l'endroit est humide... trempé même. Appuyer toujours bien fort pour remonter le long du ventre, malaxer les seins, durcir, enserrer la gorge tendue, glisser le majeur dans la bouche qui s'ouvre, lèche... Et le plonger aussitôt dans la chatte brûlante. Et fouiller, fouiller, en ajouter un autre. Et arrêter. Net.

La main de Leeloo agrippe la mienne pour continuer, mais je l'entraîne sur l'épais tapis au sol. Elle glisse comme dans un dessin animé et reprend la position. A ses pieds, je remonte de tout mon corps cette fois. Elle me plaît... Elle me plaît vraiment, vraiment, vraiment... Elle est belle, chaude, ouverte, à la fois molle et ferme, de la guimauve, de la mie de pain brioché sortant du four.

Là, je peux passer à la vitesse supérieure : elle a rouvert les yeux.

Je remonte avec ma langue le long de sa cuisse, évite soigneusement le sexe, mais me plonge enfin dans ses seins. Mon visage se perd entre les deux masses douces et blanches, que je serre, presse, avale et mord à la fois. J'ai besoin de me frotter à elle, de jouir maintenant. Et de rentrer dans sa bouche aussi. Chatte contre chatte, le cuisses s'ouvrent spontanément pour serrer l'autre, et le mouvement commence, très rapide, pendant que j'écrase mes seins sur les siens et que je l'embrasse jusqu'au fond de la gorge.

Plus bas, les cuisses se resserrent d'un coup sec, presque en même temps, avant de se relâcher, un peu tremblantes. On se sépare de quelques centimètres, et ses grands yeux clairs se plantent dans les miens, un peu noyés, comme quand on a joui. L'espace d'une seconde, Leeloo cède la place à Isabelle, et j'essaie de décoder le regard, sans beaucoup de succès. Sa main remonte le long de mon dos, et me caresse maladroitement. Quelque chose me gêne, mais je ne sais pas quoi.

Très vite, je détourne le regard, et redescends le long de son ventre, terminer l'initiation accélérée de Leeloo-Isabelle.

Ses cuisses se débloquent pas saccades, par mouvements hachés, et laissent passer ma tête, ma bouche, ma langue, mes doigts... puis le gode, puis l'ensemble.

Le corps se tord et se cambre.

Et j'entends un cri.

Alors ma petite salope, on a joui du trou et du clito ?

• • • • •

Troisième et dernière donne.

Bon, maintenant qu'on a bien ri, on va peut-être arrêter de déconner cinq minutes, et se con-cen-trer bordel ! Non seulement je n'ai même pas pu baiser cette petite chienne comme je voulais (merci chéri), mais il me reste une donne. Une putain de malheureuse petite donne.

Procédons par ordre. Si je gagne, le tour est joué. Enfin j'espère. Si c'est Pierre, le tour est tout aussi joué, mais ça fait chier. Si c'est le jars, vu qu'il ne va pas tarder à exploser, je passe à la casserole.

Moralité, le vrai suspense viendrait...

- J'ai cinq pics !

... y a des jours comme ça, où on devrait fermer sa gueule.

Allez Anne, ma merveilleuse, sublime petite Anne, sois fair play, joueuse, curieuse... Reconnais-le : la situation peut être amusante !

Isa sait que c'est la der des der. Ses yeux s'allument un peu, et elle nous parcourt du regard, comme si elle comptait dans sa tête : am, stram, gram... Après deux ou trois tours, elle s'arrête sur... le jars, tout surpris de l'intérêt soudain de cette jeune et jolie étrangère.

Elle prend son temps la petite salope. Elle le détaille, son homme. Elle le jauge, elle le pèse. Elle se souvient de lui.

Je crois qu'elle a souri, très vite, et que ses yeux se sont écarquillés une seconde, comme ceux d'un diable.

Pierre est parfaitement serein, même pas impatient. De la phrase de ma brebis dépend un redoutable enjeu, mais Pierre est serein.

Pas moi.

A tort...

- Benoit... Je voudrais... Je voudrais que tu me baises...

Le jars a levé les yeux vers l'inconnue, Pierre a baissé les siens, et j'ai tendu l'oreille. Elle reprend, plus sûre, plus ferme.

- J'ai gagné... Je veux que tu me baises comme une chienne, là, maintenant.

Olé !!!

Mine de rien, ce sont des petites phrases comme ça qui vous font gagner un pari... N'est-ce pas mon-cœur-chéri-qui-a-la défaite-souriante ?

Mais oui, je m'intéresse à la suite,

minute papillon : je savoure ma victoire...
sans même savoir qu'elle ne va pas durer.

Evidemment, il faudrait qu'il se décide,
le nain. Parce qu'on ne va pas y passer la
nuit. Ou plutôt, vue l'heure, la matinée.

Sans rien dire, Isabelle se lève, tend la
main à son erreur de mari, et l'attire au
sol. Elle pousse la table basse sans un
regard pour nous, et se met "en position".

Et là, non seulement elle me comble de
joie - en exécutant à la lettre les termes du
pari -, mais elle m'impressionne, une fois
de plus. A quatre pattes, tête penchée en
avant, elle cambre les reins au maximum.
Les genoux posés de chaque côté de
Benoit, qui se tient derrière elle, elle recu-
le jusqu'à frotter sa chatte contre lui,
l'agrippant avec ses mains.

Je répète : impressionnante.

Evidemment, il faudrait vraiment qu'il se décide.

Il remue un doigt, une main, et commence à la caresser, totalement hypnotisé. J'ouvre la bouche pour l'encourager par quelques propos bien placés, mais Pierre me fait un signe clair, qu'on pourrait traduire par "faut pas pousser". D'accord, d'accord, moi, c'était pour rendre service...

Alors le nain, tu la fourres ta salope, qu'on en finisse ?

Je me laisse aller contre le dossier du fauteuil, prête à la patience... quand je réalise que Pierre vient de faire exactement l'inverse : il se penche en avant, attentif, comme un chat. Attentif à quoi ?...

Sur la moquette, Benoit n'en finit pas de caresser Isabelle, qui remue sous ses mains. Il se branle entre ses fesses, une branlette timide, lui attrape les seins, et la pénètre, par petits coups rapides.

Mon chat de mari - je sais, j'aime bien les animaux... - se penche encore.

Et soudain, je comprends pourquoi.

Depuis quelques secondes, les yeux d'Isabelle se sont rouverts, relevés, fixes, concentrés. Et ils ont changé de couleur.

Non Isa, non, pas ça...

Bien sûr, ils sont toujours bleus, mais avec une lueur tellement noire qu'elle irradie l'ensemble de l'iris.

Pas maintenant Isa, pas là...

La bouche se plisse vers le bas en un drôle de rictus, les doigts se crispent sur le sol, les yeux se ferment une dernière fois.

S'il te plaît...

Et elle se relève d'un coup, arrachant un cri de douleur à Benoit qui reste à terre, à genoux, tandis qu'elle le toise de toute sa superbe fierté, mains sur les hanches, dans une position délicieusement vulgaire. Et elle jette, glaciale :

- "Benoit, je crois qu'on s'est pas bien compris. Alors tourne toi et je vais te montrer : on va faire l'inverse..."

Noooooooooooooon !!!!

Et si.

5. Tout recommencer

Et voilà, tout ce beau boulot pour en arriver à... l'exact opposé de ce que j'avais parié ! Quand je repense à tout ce que je me suis coltiné, toute la soirée, comme apologie de la soumission et vertus du "baise-moi comme une salope" !

J'avais presque réussi.

Non, d'ailleurs j'avais réussi.

Sans le nain...

Dans le fond, je sais que Pierre a raison :

j'ai perdu mon pari sur une fraction de seconde, je l'ai perdu ce soir, parce que ma petite brebis s'est sentie, tout à coup, des envies de domination. Mais globalement, il n'y a pas de vainqueur. Cette fille est une polyvalente : elle aime le cul...

Ils viennent juste de partir et je les revois arriver. Enfin je la revois. Sa démarche, ses yeux, son port de tête... tout en elle est "autre" ce matin.

Pourtant, je sais qu'il y a un fort pourcentage de chances - de risques - pour que cette nuit se volatilise en quelques heures, parmi les "souvenirs dont il vaut mieux ne pas se souvenir". Trop casse-gueule. Trop compliqué. Trop bizarre. Trop bandant.

Allez savoir...

En attendant, je m'enroule autour de Pierre et je souris, bonne joueuse. Cette fois encore, il a gagné. Comme la dernière. Pas celle d'avant.

Mais je souris quand même.

Parce qu'il a gagné le droit de choisir les prochains, et que je sais à qui il pense...

•••••